VENTE

Des Jeudi 5 et Vendredi 6 Octobre 1893

A DEUX HEURES

HOTEL DROUOT, SALLE Nº 2

[Emile Hébert]

TABLEAUX

Anciens et Modernes

MARBRES, TERRES CUITES, PLATRES

BON MOBILIER

EXPOSITION PUBLIQUE

Le Mercredi 4 Octobre 1893, de 2 heures à 5 heures 1/2

Mᵉ A. LANTIEZ	M. L. OPPENHEIMER
COMMISSAIRE-PRISEUR	EXPERT
Rue Le Peletier, 44	Rue de la Grange-Batelière, 8

PARIS — 1893

IMPRIMERIE MAULDE ET RENOU

A. MAULDE & Cie

IMPRIMEURS DE LA COMPAGNIE DES COMMISSAIRES-PRISEURS

Rue de Rivoli, 144

CATALOGUE

DE

TABLEAUX

Anciens et Modernes

MARBRES, TERRES CUITES, PLATRES

Provenant en partie de l'atelier de

M. Émile HÉBERT, Sculpteur

Œuvres de M. E. HÉBERT, vendues avec droits de reproduction

CHACTAS, marbre de Th. GRUYÈRE

TABLEAUX

De Carrache, Courbet, Delacroix, Fragonard fils, Grimaldi,
Le Guide, Lesueur, Maratta, Mignard (Pierre), Van Copenn,
Vernet (Joseph), Viard, Vien, Watteau, etc.

GRAVURES, EAUX-FORTES, MINIATURES

Collection d'Armes et d'Objets indiens

BON MOBILIER

DE LA MAISON KRIÉGER

**Bronzes d'ameublement, Argenterie, Bijoux
Vaisselle, Verrerie, Literie, Ustensiles, Rideaux, Tapis
Objets divers**

DONT LA VENTE AURA LIEU

HOTEL DROUOT — SALLE N° 2

Les Jeudi 5 et Vendredi 6 Octobre 1893

A DEUX HEURES

Par le ministère de **Mᵉ A. LANTIEZ**, Commissaire-Priseur
rue Le Peletier, 44

Assisté de **M. L. OPPENHEIMER**, Expert, rue de la Grange-Batelière, 8

CHEZ LESQUELS ON TROUVE LE PRÉSENT CATALOGUE

EXPOSITION PUBLIQUE

Le Mercredi 4 Octobre 1893, de 2 heures à 5 heures 1/2

CONDITIONS DE LA VENTE

—

Elle sera faite au comptant.

Les Acquéreurs paieront CINQ POUR CENT en sus des enchères.

A. MAULDE et Cie, imprimeurs de la Compagnie des Commissaires-Priseurs,
rue de Rivoli, 144.   800—36297

DÉSIGNATION

MARBRES

1 — **Gruyère** (Théodore-Charles). Chactas. Marbre.
1re médaille au Salon de 1846. L'Académie décerna
le prix de Mme veuve Leprince à l'artiste pour ce
marbre. Vendu avec droits de reproduction.

2 — **Girardon**. Tête de Christ. Buste marbre. H. 0^{m}50.

TERRES CUITES, PLATRES, BRONZES

3 — **Emile Hébert.** Et toujours! Et jamais! Groupe
terre cuite avec tous droits de reproduction. Moules
pour terre cuite. N° 1, H. 0^{m}85; n° 2. H. 0^{m}44;
n° 3, H. 0^{m}15.

4 — **Emile Hébert.** La Moisson. Bas-Relief terre cuite,
avec droit de reproduction pour la terre cuite.
(Moules pour la terre cuite.) H. 0^{m}23. L. 0^{m}37.

5 — **Emile Hébert.** École de Filles. Bas-Relief terre cuite, avec droit de reproduction pour la terre cuite. (Moules pour la terre cuite).

6 — **Emile Hébert.** Tricoteuse. Groupe terre cuite, avec droit de reproduction pour la terre cuite. (Moules pour la terre cuite.) H. 0^m45.

7 — **Emile Hébert.** Sorcière se rendant au Sabbat. Statuette terre cuite, avec droit de reproduction pour la terre cuite. N° 1, H. 0^m80; n° 2, H. 0^m45.

8 — **Emile Hébert.** Rabelais (modèle de la statue érigée à Chinon). Statuette terre cuite, avec droit de reproduction pour le marbre et la terre cuite. (Moule pour terre cuite.) H. 0^m52.

9 — **Emile Hébert.** Rabelais. Statuette plâtre avec tous droits de reproductions. (N'a jamais été édité.) H. 0^m50.

10 — **Pierre Hébert.** Olivier de Serres. Statuette plâtre, avec tous droits de reproductions. (Modèle de la statue érigée à Villeneuve-de-Berg.) (Moules pour la terre cuite.) H. 0^m54.

11 — **Emile Hébert.** Olivier de Serres. Buste terre cuite, avec tous droits de reproductions. (Moules) pour la terre cuite. N° 1, H. 0^m40; n° 2, H. 0^m25.

12 — **Emile Hébert.** L'Invitation à la valse. Buste plâtre, avec tous droits de reproductions. (N'a jamais été édité.) H. 0^m52.

13 — **Emile Hébert.** Les Lilas. Statuette plâtre, avec tous droits de reproductions. (N'a jamais été édité.) H. 0^m67.

14 — **Emile Hébert.** Amour suppliant. Groupe plâtre, avec droit de reproduction pour la terre cuite et le marbre. H. 0^m 62.

15 — **Emile Hébert.** Invalide. Groupe plâtre, avec droits de reproduction pour la terre cuite et le marbre. H. 0^m 48.

16 — **Emile Hébert.** Bourgelat. Buste terre cuite, avec tous droits de reproductions. (Moules pour la terre cuite.) N° 1, H. 0^m 40; n° 2, H. 0^m 25.

17 — **Emile Hébert.** Honoré de Balzac. Buste terre cuite (modèle du buste qui est au foyer du Théâtre de l'Odéon), avec tous droits de reproductions. (Moules pour la terre cuite.) H. 0^m 38.

18 — **Emile Hébert.** Les Fiancés. Groupe formé de deux bustes terre cuite, avec tous droits de reproductions. (Moules pour la terre cuite.) H. 0^m 60.

19 — **Emile Hébert.** Le Labour. Bas-Relief terre cuite, droit de reproduction pour la terre cuite. (Moules pour la terre cuite.) H. 0^m 23; L. 0^m 37.

20 — **Emile Hébert.** Un Philosophe (Épreuve). Groupe bronze, sous-droit de reproduction. H. 0^m 63.

21 — **Pierre Hébert.** L'Enfant à la Tortue. Statuette terre cuite, avec droit de reproduction pour marbre et terre cuite. (Moule pour terre cuite.) H. 0^m 35.

21 *bis* — Sous ce numéro plusieurs Christs, Madones, Statuettes de sainteté vendues avec droits de reproduction.

21 *ter* — Un lot d'Éventails.

22 — **Pigalle.** Buste de Voltaire. Étude d'après nature dont l'artiste s'est servi pour l'exécution de la statue qui est à la bibliothèque de l'Institut. H. 0ᵐ8o. Terre cuite originale.

23 — Lot de Selles et Ustensiles de sculpteur (Sera divisé).

24 — Lots de Plâtres, Reproductions d'Antiques, Moulages sur nature, Ornements et Fragments divers (Sera divisé).

TABLEAUX, MINIATURES, GRAVURES

25 — **Bakuisen.** La Tempête (Marine). H. 1ᵐ13; L. 1ᵐ62.

26 — **Bonington.** Château de Pau.

27 — **Bonington.** Château d'Henri IV, à Pau.

28 — **François Boucher.** Mercure tranche la tête d'Argus et délivre Jo métamorphosée en vache, par Jupiter. H. 0ᵐ45, L. 0ᵐ35.

29 — **Annibal Carrache.** Renaud et Armide. Cadre ancien sculpté et doré.

3o — **Chardin.** Tablette retenue par deux rubans venant s'attacher au fond et soutenant une tête en plâtre, un livre, une fiole bouchée de papier; un dessin de Callot. H. 0ᵐ45, L. 0ᵐ49.

31 — **G. Courbet.** Ferme.

32 — **E. Delacroix.** La Charité (Esquisse).

33 — **Drouais.** Jésus-Christ guérissant un Aveugle. H. 0^m62, L. 0^m42.

34 — **Fragonard fils.** L'Étourdi. H. 0^m12, L. 0^m17.

35 — **A. Gardanne.** Une Halte (Gouache sous verre).

36 — **Gauthier.** Un Pont (Gouache sous verre).

37 — **Grimaldi**, dit **Bolognèse.** Agar dans le Désert. H. 0^m18, L. 0^m23.

38 — **Hautebourg** (Mme). Portrait d'Homme. H. 0^m46, L. 0^m39.

39 — **Hue** (François). Paysage avec figures et animaux. H. 0^m28, L. 0^m50.

40 — **A. Jacobson.** Marine.

41 — **Jouvenet.** Le Duc d'Orléans et son précepteur le Cardinal Dubois. H. 1^m45, L. 1^m15.

42 — **Georges Kroegaert.** Portrait de Femme.

43 — **Georges Kroegaert.** Femme Orientale.

44 — **Le Guide.** Tête de Christ. H. 0^m40, L. 0^m29.

45 — **Lenfant de Metz.** La Chasse aux Papillons (Dessin).

46 — **Lesueur.** Tête de Saint Jean. H. 0^m31, L. 0^m24.

47 — **D. Malbeck.** Vase de Fleurs.

48 — **Carlo Maratta.** La Fuite en Égypte.

49 — **Mauzaisse.** Esquisse d'un Portrait exécuté pour la galerie de Versailles. H. 0^m32, L. 0^m22.

50 — **Ménageot**. La Reine Tomyris faisant plonger la tête de Cyrus dans un vase plein de sang.

51 — **Mignard** (Pierre). Portrait de Marie-Thérèse d'Autriche. H. 0^{m}45, L. 0^{m}37.

52 — **Mouchet**. Le Larcin de l'Amour. H. 0^{m}92, L. 0^{m}74 (a été gravé).

53 — **Patel**. Ruines. H. 0^{m}19, L. 0^{m}24.

54 — **Piazetta**. Les Chanteurs. H. 1^{m}15, L. 0^{m}91.

55 — **Poussin** (Guaspre). Paysage avec figures. H. 0^{m}40, L. 0^{m}49.

56 — **Pruche**. Gardes françaises, Le Mot d'ordre (Gouache sous verre).

57 — **Pruche**. Le Menétrier (Gouache sous verre).

58 — **Rosa** (Salvator). Nymphes (Pendant du précédent).

59 — **Rousselle**. Paysage.

60 — **Rousselle**. Groseilles, préparatif pour la confiture.

61 — **Ruysdael** (Attribué à). Paysage.

62 — **Strada** (Jean). Jésus-Christ au jardin des oliviers. H. 0^{m}20, L. 0^{m}25.

63 — **Strada** (Jean). Jésus-Christ conduit au prétoire. H. 0^{m}20, L. 0^{m}25.

64 — **Sutter**. Vue de Venise (Dessin à la plume).

65 — **Van Copenn**. Paysage.

66 — **Van Kessel.** Sortie de l'Arche. H. 0ᵐ52, L. 0ᵐ73.

67 — **Vernet** (Joseph). Effet du matin (Marine). H. 0ᵐ41, L. 0ᵐ98.

68 — **Vernet** (Joseph). Soleil couchant. H. 0ᵐ41, L. 0ᵐ98.

69 — **Vernet** (Joseph). Effet de Lune (Marine).

70 — **Viard.** Une Forêt (Salon de 1834, n° 1905). H. 0ᵐ78, L. 0ᵐ64.

71 — **Viard.** Vue prise à Montpezat (Ardèche). (Salon de 1842, n° 1826). H. 0ᵐ90, L. 1ᵐ15.

72 — **Viard.** Vue de l'Ardèche, près d'Aubenas (Pastel). (Salon de 1848, n° 4461). H. 0ᵐ77, L. 0ᵐ64.

73 — **Viard.** Corbeille de Fruits. (Salon de 1863, n° 846). H. 0ᵐ64, L. 0ᵐ52.

74 — **Viard.** Fruits et Fleurs. (Salon de 1863, n° 1492). H. 0ᵐ65, L. 0ᵐ55.

75 — **Viard.** Un Tas de Choses. (Salon de 1866, n° 1917). H. 0ᵐ50, L. 0ᵐ60.

76 — **Viard.** Panier de Fleurs (Salon de 1870, n° 2869). H. 0ᵐ60, L. 0ᵐ48.

77 — **Viard.** Nature morte : Huitres, Citron, Bouteille, etc. H. 0ᵐ52, L. 0ᵐ64.

78 — **Viard.** Paysage avec figures. H. 0ᵐ54, L. 0ᵐ88.

79 — **Viard.** Paysage. H. 0ᵐ60, L. 074.

80 — **Viard** (Georges). L'Hiver. H. 0ᵐ56, L. 0ᵐ73.

81 — **Vien.** Ulysse et Calypso. Ulysse cherchant à vaincre la nymphe pour l'enlever à l'ile d'Egygie, lui donne le baiser qui doit la séduire (Ce tableau a été reproduit par la gravure).

82 — **Le chevalier Volney.** Le Vésuve. H. 0^m34, L. 0^m77.

83 — **Le chevalier Volney.** L'Eruption du Vésuve. H. 0^m34, L. 0^m77.

84 — **Watteau.** Paysage. H. 0^m28, L. 0^m20.

85 — **École espagnole.** Une Tête de Femme.

86 — **École française.** Deux Apôtres.

87 — La Famille Louis XV jouant aux Cartes.

88 — Henri IV égaré dans la Forêt

89 — Un Enterrement de Moines au Mont Saint-Bernard. H. 0^m60, L. 0^m74 (1839).

90 — Femme jouant avec l'Amour. H. 0^m16, L. 0^m22 (Sur cuivre).

91 — Portrait de Madame X...

92 — Breton, reproduction du tableau de Madame V. Demont, figurant au Luxembourg.

93 — La Défense du Drapeau.

94 — Tête de Christ.

95 — Pâturage.

96 — Tête de Femme.

97 — **École Française de Boucher**. L'Éducation de l'Amour par Vénus et des Nymphes.

98 — **École Hollandaise.** Départ pour la Chasse.

99 — **École Italienne.** Vue de Castellamare (Naples) (Gouache sous verre).

100 — Vue de Pouzzoles (Naples) (Gouache sous verre).

101 — Tête de Madone.

MINIATURES

102 — A la Santé.

103 — Buste de Femme.

104 — La Main-Chaude.

105 — Portrait de Femme.

106 — Le Baiser.

GRAVURES SOUS VERRE

107 — L'Accordée du village.

108 — Le Père de famille.

109 — La Piété filiale.

110 — L'Exemple d'humanité.

111 — L'Immaculée Conception.

112 — L'Hospitalité à la chaumière.

113 — La Visite au château.

114 — Lot de Gravures et Eaux-Fortes (Sera divisé).

COLLECTION D'OBJETS INDIENS

(Amérique du Sud)

115 — Couronne de Chef indien entourée de griffes de tigre.

116 — Couronne ordinaire d'indien entourée de griffes de tigre.

117 — Collier de Chef indien avec amulettes, etc.

118 — Couronne de femme indienne.

119 — Couronne de femme indienne.

120 — Collier de femme indienne.

121 — Ceintures de danseur et danseuse indiens.

122 — Chapeaux indiens.

123 — Instruments divers pour la danse, flûtes, tambours, etc., etc.

124 — Diverses Corbeilles.

125 — Siège indien.

126 — Arcs, Carquois, Flèches, etc.

127 — Sarbacanes.

128 — Sifflets et Instruments d'appel.

129 — Ustensiles pour boire et manger.

130 — Poteries dont certaines anciennes.

131 — Masque indien.

132 — Reniflard en os de tigre.

133 — Objets trouvés dans des tombes d'indiens.

134 — Outils pour la préparation du Navioc, etc., etc.

135 — Lot de Cornes et Dents.

MEUBLES
OBJETS D'ART ET D'AMEUBLEMENT,
TAPIS, RIDEAUX.

136 — Porte-Manteaux en noyer.

137 — Mobilier de salle à manger en noyer, style Henri II, de la *Maison Kriéger*.

138 — Buffet, Table et six Chaises en noyer.

139 — Chambre à coucher en palissandre de la *Maison Kriéger*.

140 — Chambre à coucher en acajou.

141 — Lit et Table de nuit en bois noir.

142 — Canapé, deux Fauteuils et quatre Chaises velours.

143 — Console Louis XVI, bois doré.

144 — Meuble Renaissance, chêne sculpté.

145 — Meuble Louis XIII, chêne sculpté.

146 — Armoire ancienne en noyer.

147 — Meuble d'entre-deux, marqueterie et bronzes.

148 — Table à ouvrage marqueterie.

149 — Bibliothèque acajou, style Louis XVI, à filets de cuivre.

150 — Table sculptée, dessus marbre.

151-154 — Six Glaces, cadres dorés.

155-165 — Trois cent cinquante volumes divers, œuvres de L. Figuier, V. Hugo, etc.

166 — Grand et beau Triptyque Louis XIII, bois sculpté et peintures à rehauts d'or.

167 — Statuette en bois sculpté: Saint Blaise.

168 — Un Verre d'eau, une Cave à liqueurs, un Service de table, un Service à dessert (Baccarat).

169 — Lot de Vaisselle, Verrerie, Ustensiles divers.

170 — Louche, deux Timbales, douze Couverts, douze Cuillers à café en argent.

171 — Deux Boutons d'oreilles brillants.

172-174 — Trois Montres en or.

175-178 — Quatre Bracelets en or et pierres de couleurs.

179 — Deux Chaines en or.

180-185 — Huit Bagues.

186 — Deux Flambeaux Louis XVI en argent.

187 — Epée damasquinée du XVIe siècle.

188 — Lot Armes et Pièces d'armures (Sera divisé).

189 — Pendule et deux Candélabres en marbre et bronze, de *Detouche*.

190 — Pendule et deux Candélabres en bronze.

191 — Deux Garnitures de foyer en bronze.

192 — Suspension de salle à manger en bronze et à gaz.

193 — Ecritoire en bronze.

194 — Cheval en bronze *(Barbedienne)*.

195 — Ecran en cuivre.

195 — Lot de Vases et Objets divers en bronze.

197 — Deux Vases en faïence de Marseille, décors à fleurs.

198 — Deux Potiches japonaises, sur pieds bois de fer.

199 — Deux Potiches japonaises, décors bleu et blanc.

200-202 — Six Tapis de Smyrne.

203 — Deux Garnitures de croisée en étoffe de fantaisie.

204 — Trente Rideaux divers.

205 — Quatre Carpettes.

206 — Huit Tapis d'appartement.

207 — Six Matelas.

208 — Lot de Pièces de literie.

209 — Objets non catalogués.